수업 끝

푸른사상 동시선 10

수업 끝

인쇄 2013년 10월 10일 | 발행 2013년 10월 15일

지은이 · 하빈
펴낸이 · 한봉숙
펴낸곳 · 푸른사상사
주간 · 맹문재 | 편집 · 지순이 | 교정 · 김재호, 김소영

등록   제2-2876호
주소   서울시 중구 충무로 29(초동) 아시아미디어타워 502호
대표전화   02) 2268-8706~7 | 팩시밀리 02) 2268-8708
이메일   prun21c@hanmail.net
홈페이지   www.prun21c.com

ⓒ 하빈, 2013

ISBN 977-11-308-0023-3 04810
ISBN 978-89-5640-859-0 04810 (세트)

값 9,900원

☞ 저자와의 합의에 의해 인지는 생략합니다.
   이 책의 전부 또는 일부 내용을 재사용하려면 사전에 저작권자와 푸른사상사의
   서면에 의한 동의를 받아야 합니다.
   이 도서의 국립중앙도서관 출판시도서목록(CIP)은 서지정보유통지원시스템 홈페이지(http://
   seoji.nl.go.kr)와 국가자료공동목록시스템(http://www.nl.go.kr/kolisnet)에서 이용하실 수 있습니
   다.(CIP제어번호 : CIP2013019763)

푸른사상
동시선

10

수업 끝

하빈 동시집

푸른사상
PRUNSASANG

어느 날 한 소년에게 무시무시한 병마가 달려들었어요. 보이지도 들리지도 않았지만 아이에게는 세상에서 제일 무서운 괴물이었어요. 뼈를 갉아먹는 듯한 고통이 지속되었지만 시골 의사들은 괴물의 정체를 밝혀내지 못했어요. 소년은 죽을 고비도 몇 번이고 넘겼지만 끝까지 싸우고 버텨 병마를 이겨냈어요. 하지만 치열한 싸움의 후유증으로 지체장애인이란 꼬리표를 달고 살아야 했어요. 어려움도 많았지만 소년은 그러한 현실을 한 번도 비관하거나 슬퍼한 적 없었어요. 당당하게 멀고 긴 인생이란 바다를 건너왔지요. 언젠가 이 세상에서 뜻있는 일 한 가지쯤은 할 수 있을 거라는 희망을 잃지 않은 채.

드디어 그 '뜻' 있는 일이 찾아왔습니다. 착하게 열심히 살았다고 하나님이 주시는 표창장 같은 '동시'. 오랜 기다림 끝에, 노을처럼 환하게 내 저문 하늘을 밝히려 왔습니다.

어머니는 봄비로 촉촉해진 화단에 꽃을 심고 계셨습니다. 어머니의 호미에 밀려난 지렁이가 새 집을 찾아 다시 흙속으로 파고 듭니다.

"지렁이가 사는 걸 보니 올해는 꽃이 참 예쁘게 피겠네." 꽃모종에 북을 돋아주며 하시던 어머니 말씀. 지렁이가 사는 땅은 비옥해서 꽃나무가 잘 자란다는 걸 그때는 몰랐었죠. 엄마와 함께 꽃을 심는 아이. 그때 그 아이는 동시의 씨앗도 함께 심어 놓고는 잊고 살았지 싶습니다. 세월의 바다를 건너온 그 아이는 이제야 그 꽃밭을 돌보기 시작하였습니다. 한참을 둘러 왔지만 씨앗은 기다려 주었습니다.

길을 가다가 꽃을 만나면 어머니의 모습이 떠오릅니다. 어머니와 함께 심었던 동시의 씨앗이 계속계속 꽃으로 피어나게 동시의 꽃밭을 열심히 가꾸겠습니다. 어머니가 내려다보고 웃으시게요.

오늘 이 동시집이 나오기까지는 많은 선생님과 문우와 출판사 여러분의 은혜가 배어 있습니다. 항상 기억하겠습니다. 고맙고 감사합니다.

2013년 가을

황령산 기슭에서   하 빈

| 차 례 |

제1부   새롭게 생각하기

제2부 더불어 살기

제3부   자연과 친하기

제4부 가깝게 더 가깝게

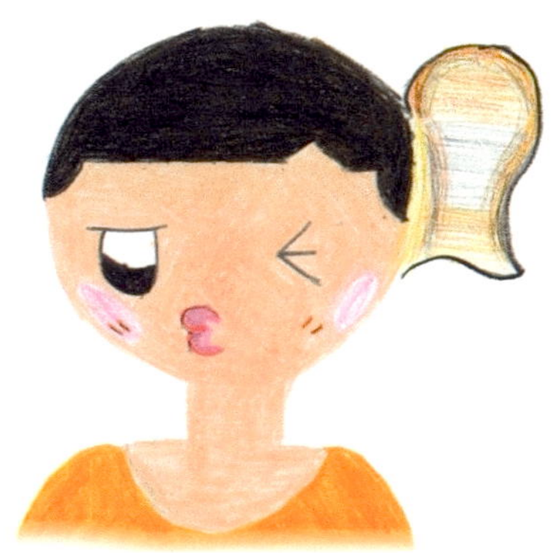

어쩌면 지구도 옥수수 한 알이었을지 몰라.

제1부
새롭게 생각하기

진찰

잠자리 의사 선생님
지구를 진찰 중이다.

간짓대 청진기 통해 들려오는
지구 속 작은 소리도
놓치지 않으려고

날갯짓 스톱
눈동자 고정
집중하고 있다.

지구 건강이
미심쩍은지

다시 와서
들어 보고

다시 와서
들어 보고

"으음, 아직은

걱정 안 해도 되겠군."

겨우
돌아간다.

박시연(광남초 1학년)

튀밥

할아비지가
튀밥 기계를 돌린다.

깜깜한
우주를 돌린다.

뻥ㅡ
빅뱅(bigbang)이 일어났어.

하얀 별들
흩어진다.

어쩌면
지구도
옥수수 한 알이었을지 몰라.

피라미드

피라미는
너무너무 작은데

글자 한 자 더 많은
피라미드는
무지무지 크다.

이집트 왕은
그 큰 무덤 속에

"나 찾아봐라."

피라미처럼
꼭꼭
숨었다.

박인오(신곡초 2학년)

우주정거장

엥 –
깜깜한 하늘을 날아온
우주선
손등에 착륙했다.

붉은 연료
충전한 우주선
다시 항해를
시작한다.

무수한 은하계가 있는
천장을 향해.

내 손등은
우주정거장
올 여름 개방한다.

모기 우주선
착륙!
이륙!

조각구름

큰
하늘 솥에

수제비
동 동

식구는
많은데
겨우 몇 조각

외할머니
옛날 얘기
동 동
떠간다.

친절한 메일

그래,
알았어.
조금 있으면
소리 지른다고?

천둥이한테서
놀라지
말라고

번 〜 쩍
번개메일이 왔습니다.

도경민(부산외국인학교 4학년)

반성문 쓰는 참새

눈망울 초롱초롱
아기 참새들

대나무숲 학교로
등교합니다.

노란멧새 선생님
목이 터져도
장난치고 떠들고 정신없어요.

선생님께 불려 나온
개구쟁이들
탱자나무 가지에 줄줄이 앉아

쓱싹
쓱싹

연필 대신 부리로
반성문 쓰네.

어제도 쓰더니
오늘 또 쓰네.

구나연(문현초 6학년)

마늘밭

마늘쫑
뽑으면

뽀―옥
기적 소리가 난다.

엄마 마늘대
아가 마늘쫑

이별하는
소리다.

뽀―옥
뽀―옥
마늘밭은

슬픈
기차역

강미지(두실초 4학년)

송충이

어디에서 왔을까?
오색송충이 한 마리

차가 씽씽 내달리는
길 가운데로
기어갑니다.

"그쪽으로 가면 안 돼."

바퀴에 깔릴까 봐
몇 번이고
방향을 바꾸어 주어도
한사코 길 쪽으로 갑니다.

아스팔트 아래 어디쯤
솔향기 가득한
고향이 있는 걸까요?

할아버지 오시는 날

제사상의 음식들
제자리 찾아 앉았어.

할아버지와 함께 갔던 음악회
연주자들처럼.

과일, 다식, 유과는
바이올린, 첼로, 비올라를 켜요.

전, 포, 나물은
플롯, 오보에, 트럼펫을 불어요.

메, 갱, 술잔은
큰북, 팀파니, 실로폰을 두드려요.

향로 연기 그윽하게
춤추듯 지휘하면

할아버지 오셔서
오케스트라를 감상하시는 거야.

수업 끝

식탁 위 음식들이
공부하러 갑니다.

1교시 : 입 안
2교시 : 위
3교시 : 소장
4교시 : 대장

영양분이 되는 공식
피가 되는 원리

그 어려운 수업
다 마쳤다고

교실 밖으로
튀어 나오며

'수업 끝' 이라고
외치는 소리

"뽀—옹"

3교시
1교시
2교시
4교시
수업끝
김민정

綠色(녹색)

저 〈빨강〉이예요.
명자꽃 색깔이죠.

저는 〈파랑〉이예요.
달개비꽃 빛이 제 색깔이랍니다.

저도 있답니다.
개나리색 〈노랑〉이지요.

저마다
예쁜 이름 가졌다고
자랑합니다.

'쟤들은 예쁜 한글 이름
다 있는데
나는 뭐야,
한자 이름이잖아.'

김하은(광남초 5학년)

아프리카를 이곳까지 돌릴 수 있다면

제 2 부

더불어 살기

다롱이

자고 일어나니
금붕어 다롱이가
배를 뒤집고
둥둥 떠올랐다.

엄마는 다롱이를
휴지에 싸서
쓰레기통에 버렸다.

나는
엄마 몰래 꺼내어
꽃밭에 묻어 주었다.

봄이 오면
꽃이 되어

바람에 살랑살랑
헤엄치겠지.

박수현(성동초 3학년)

꽃에도 코가 있어

오늘은
김장하는 날

마늘
양파
고춧가루 냄새
거실에 가득 찼습니다.

코가 빨개진
시클라멘을
얼른
베란다로 옮깁니다.

"추워도 조금만 참아.
 냄새 빠지면
 다시 들여 줄게."

진드기

엄마는
꽃이 불쌍하다며
진드기에게
살충제를 뿌렸다.

달리아 꽃받침 아래
송알송알
붙어 있는 진드기

엄마 젖에
조롱조롱
매달려 있는
복실이 새끼 같다.

나는
슬며시
살충제를 숨겼다.

게 아니야

내 발소리에 놀란
어린 방게 한 마리
갯바위에 납작 엎드려

"나는 게 아니야,
 바위야."
바위인 척 꼼짝도 않는다.

"게는 없어.
 나뿐이야."
바위도 거든다.

"그래,
 바위 밖에 없네.
 바위를 잡아갈 수는 없지."

김시우(희망반 6세)

아르바이트

돌부리가
탁
발길을 붙잡는다.

붙잡힌 눈에 들어온
쪼그만
봄까치꽃

"이렇게 예쁜 나를 두고
　그동안 그냥 지나쳤지?"

꽃이
생글거린다.

돌부리는
지금
봄까치꽃의 부탁으로
아르바이트 중

장주영(대남초 5학년)

긍정맨

아직 방학이 10일이나 남았어.
맛있는 피자가 두 조각이나 남았네.

이렇게 생각하는 사람은
긍정맨이라는 선생님 말씀

새로 일기장을 샀다.
페이지마다 맨 위에
No.
라고 적혀 있다.
나는 모두
X표를 치고 그 옆에
YES
라고 적었다.

선생님,
저 긍정맨 맞죠?

장래희망

염소는
바들바들 떨고 있는 풀꽃을
삭둑, 잘라 먹습니다.

사자가
눈이 큰 가젤을
덮쳤어요.

아빠는
앞마당에서 나하고 놀던
암탉을 잡았어요.

'그래, 나는
한 알만 먹으면
평생 살 수 있는
알약을 만들 거야.'

무당벌레

무지개에게
슬픈 일
있었나 봐.

너의
날개에

방울
방울
흘려 놓은

눈물
자국

43

웃는 엘리베이터

“우리 애가 쿵쾅거려
　미안해요.”

“괜찮아요,
　애들은 다 그렇죠.”

‘미안해요.’ 란 말은
내려오고
‘괜찮아요.’ 란 말은
올라간다.

따뜻한 말 실어 나르는
우리 아파트 엘리베이터
털 털 털
만날 웃어요.

이주원(신곡초 2학년)

백팔 배

바람결에
엎드렸다 일어서고
엎드렸다 일어서고

예쁜 꽃 피게 해 주세요.
튼튼히 자라게 해 주세요.

백팔 배 하는
엄마 풀잎

아무리 추워도

"강물아, 강물아.
 이쪽 산엔 이제 먹을 것이 없어.
 저쪽 언덕으로 건너가게 해 줘."

토끼와 다람쥐는
강물에게 부탁합니다.

강물은 밤사이
제 몸 꽁꽁 얼려
다리를 놓아
줍니다.

아무리 추워도 강물은
토끼와 다람쥐가 돌아올 때까지는
견뎌야 합니다.

지구를 빙글

텔레비전 속
아프리카는
다
말라 죽는데

창밖에는
좍―
좍―
장대비 온다.

지구를
빙~글

아프리카를
이곳까지
돌릴 수 있다면.

이은채(두실초 2학년)

걸어가는 꽃

비 오는 날
동네 앞
노란 버스 문 열리면

활짝 핀
우산 꽃들
폴짝폴짝 내립니다.

우산 꽃이
품고 내린
작은 꽃 한 송이씩

조잘조잘
골목길을
꽃들이 걸어가면

동네
한 귀퉁이
환해집니다.

김민경(좌산초 4학년)

와−, 참새가 무지개를 만들었네!

제3부
자연과 친하기

눈

하느님은
위대한
화가입니다.

오직
한 가지
색만으로

저토록
아름다운 세상을
그려 놓을 수 있다니!

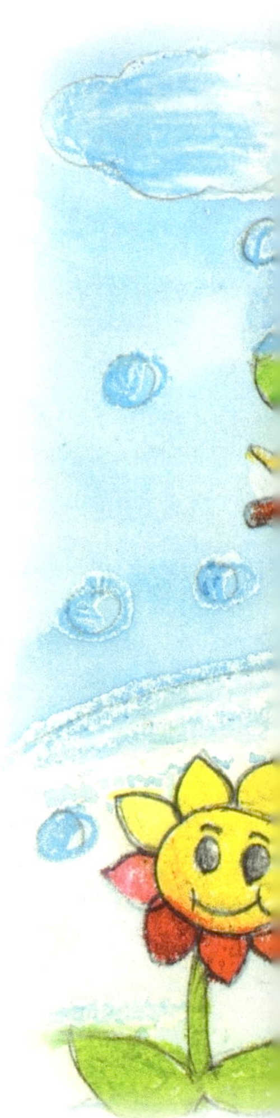

방유진(부곡초 5학년)

삽살개처럼

가방 매고
댓돌 내려서면

살며시
다가와 안기는
연분홍 눈동자

멀어지는
발자국 소리
듣겠다고

가지마다
쫑긋거리는
수백의 귀

학교에서
돌아오면
그새 보고 싶었다고

살랑살랑 꼬리 흔들며
삽짝 넘어
마중 나온

살구꽃
향기

펄쩍
뛰어 오르며
코끝을 핥는다.

낙엽 보육원

엄마 떠나
헤매던

은행잎
벚나무잎
버즘나무잎
다 모여듭니다.

추웠지?
서로 보듬어 줍니다.
외로웠지?
등을 다독거려 줍니다.

담장 아래 구석진 곳은
낙엽들의 보육원입니다.

조채은(남산초 5학년)

새떼를 보려고

예쁜 청둥오리
나는 걸 보려고

호수는 반짝반짝
눈 깜박입니다.

멋쟁이 왜가리
나는 걸 보려고

나무들 하늘 향해
발돋움합니다.

하서정(당서초 5학년)

순천만 철새

철새 떼가
수학 문제 낸다.

세 마리 날아오르고
또 아홉 마리 날아오른다.
"너무 쉽다. 12"

열한 마리 날아오르고
스물두 마리 날아오른다.
"날 뭘로 보고. 33"

이번에는 열세 마리 날아오더니
일곱 마리 날아간다.
"빼기라고 내가 못할 줄 알고. 6"

아이고 이를 어떡해
수십 마리
수백 마리
떼 지어 날아오른다.

“씨—, 엉터리.

 난 초등학교 일 학년이란 말이야.”

무지개 만들기

소나기 지나간
장독 위

흠뻑 젖은
참새

깃 펼치고
몸을 턴다.

물방울들
뽀얗게 흩어진다.

물방울 사이
작은 무지개 떴다.

—와—, 참새가 무지개를 만들었네!

김민경(좌산초 4학년)

별은 대나무기차 타고

뿌리역 출발한
푸른 기차는

하늘나라 향해
가고 있습니다.

마디마디
칸칸이
태운 손님은

이슬방울
잎새 바람
비비새 노래

잠시 머문
간이역에서

별이 되고 싶다던
소아암 승민이도
태웠습니다.

하늘 마당쇠

언덕에 누워
하늘을 보니

억새가
자꾸,

자꾸만
하늘을 비질하고 있네,

얼마나 쓸었으면
저리도 깨끗할까

박채연(성동초 4학년)

송어

음악 듣기 숙제
슈베르트의 〈송어〉

눈 감으니
살랑살랑 헤엄치는
송어 한 마리

아침 햇살이
콕 콕 콕
송어를 쫀다.

송어가 펄쩍
수면 위로 뛰어오른다.

나도
한 마리 송어
음악 속으로 헤엄쳐 간다.

김민송(남천초 6학년)

풀 죽은 담쟁이

"나는 최고의 등산가야,
 이 세상에 못 오를 곳은 없어."

키 작은 풀꽃들에게
뽐내는 담쟁이

하늘까지 오르겠다고
담장을 타고 오릅니다.

그러나 담장 끝에서
헛팔질만 합니다.

"얼레리꼴레리,
 우리 향기는 그냥 하늘에 닿는데."

바람결에
고개 흔들며
향기 날려 보내는 풀꽃들

풀 죽은 담쟁이
담장 뒤로 숨습니다.

염정원(두실초 2학년)

단비

단비가
죽었습니다.

뒷산에 묻고
내려오는 길

강아지풀들이
왈 왈 왈
짖습니다.

나는 귀 막고
막 달려 내려왔습니다.

가로수는 여전히 푸르고
옆집 언니는 "은지 안녕"
인사를 합니다.

이상합니다.

단비가 없는데도
세상은 하나도 변하지 않았습니다.

언젠가 내가 구름 위를 날면 은우 편지 전해 줄게.

제4부

가깝게 더 가깝게

아빠가 미안해

"아빠, 이거."

다혜는
통지문을 쑥 내밉니다.

'아이를 유치원에 보낸
 소감을 적어 주세요.'

'어린것을 혼자 보내고 나면
 근심 반 기대 반입니다.'

아빠가 쓰시는 것
보고 있던 다혜
뾰로통해졌습니다.

"아빠는 내가 무슨 반인지도 모르네.
 나는 〈기대반〉이 아니고 〈기린반〉이란 말이야."
"아이쿠,
 아빠는 우리 다혜가 〈기대반〉인 줄 알았네."

김현송(광남초 3학년)

엄마, 안녕.

엄마,
창밖은 너무 추워.

하늘나라엔
겨울이
없었으면 좋겠다.

밤도
없었으면 좋겠다.

술 취한 아저씨도
없었으면 좋겠다.

자동차는 진짜
없었으면 좋겠다.

엄마,
내가 비행사가 될 거라고 하니까
은우는 오늘부터

편지를 쓸 거래.

언젠가
내가 구름 위를 날면
은우 편지
전해 줄게.

그때까지
엄마, 안녕.

호수는 할아버지

호수는
화낼 줄
모르지.

가슴에
돌을 맞아도

돌 던진
아이에게
웃음을 보내지

아파도
안 아픈 척

빙그레
빙그레

주름 지어
웃지.

최은성(광남초 3학년)

한가위

나는
가방이 셋

학교 가방
영어 가방
피아노 가방

나는
다람쥐

매일 매일
가방 매고
뱅글 뱅글

오늘은
한가위

가방도

나도
한가한
한가위

그리움을 매다는 아이들

외로운 날은
빈
하늘에

별 하나
매달아 놓고
가만히 바라본다.

그 옆에
또 그 옆에
자꾸 매달리는 별들.

창민이
동규
민애

김연신(7세)

응가

갓난쟁이 동생이
응아—
응아—
웁니다.

젖은 손 훔치며
달려온 엄마

꽃묶음 풀듯
기저귀 펼쳐 놓고

—아이고, 노란 꽃이
  예쁘게도 피었네.

동생의 시끄러운
울음소리도

엄마 귀에는 개나리 활짝

민들레 방긋

꽃노래로
들리나 봐요.

수다쟁이

‘동박새야,
 내일도 와서 노래 불러 줘.’

‘바람아,
 오늘 네가 없으니 참 심심하다.’

‘비야,
 나 목마르단 말이야.’

‘구름아,
 오늘은 어떤 그림 보여 줄거니?’

‘별아,
 너도 노란색 좋아하는구나.’

빽빽하게 붙여 놓은
노란 포스트잇

수다쟁이 은행나무
친구도 많고
할 말도 많다.

윤주희(수정초 3학년)

낱말 놀이

하루에 한 번
할아버지와 하는
낱말 놀이

오늘 할아버지께 배운
'인두' 와 '홍두깨'

내가 가르쳐 드린
'아바타' 와 '엄친아'

새것 배우는 할아버지
옛것 배우는 나

덕택에
할아버지는 경로당에서
신식 할아버지

나는 학교에서
옛말 지킴이

신지유(구서초 2학년)

나비와 가은이

꾸불
꾸불

나비가 쓰는 글은
참 어렵다.

흘림체로 쓴
한자 같기도 하고

기자 아저씨가 쓴
속필 같기도 하다.

가은이 마음처럼
읽기가 어렵다.

타임머신

할머니 댁으로 가는 승용차는
타임머신입니다.
30년 전으로 갑니다.

"아이고 우리 태식이,
 학교 댕기왔나?"
"예, 어무이. 지가 오늘 100점 받았심더."
"하이고, 우리 아들 장하데이.
 책보따리 풀어놓고 퍼떡 밥 무라."

옛날만 기억하시는 할머니의
이상한 병 때문에
할머니 댁에만 오면 아빠는
초등학생이 됩니다.

할머니를 다시
데려올
타임머신은 어디 없을까요?

모두 꽃이야

우리 학교 화단에
〈니아〉 세 자매

화사한 피튜니아
상큼한 사피니아
깜찍하고 앙증맞은
막내둥이 베고니아

국적은 달라도
오순도순 한 가족

우리 반 교실에도
새 꽃 세 송이

축구 잘하는 영식이는
외갓집이 베트남
그림 잘 그리는 설리는
카자흐스탄 아빠
필리핀서 온 미수는
우리말 서툴러도 영어는 잘하지

꽃밭 교실
향기가 짙지.

도경민(부산외국어학교 4학년)

고마운 감기

－은지야, 니 뭐하노?
　학교도 안 오고.

창밖을 내다보니
짝꿍 동수다.

－응, 아파서 누워 있어.
－니, 꾀병이제?
－치－,
　내가 걱정되어 여기까지 왔지?

감기는 내가 걸렸는데
동수 얼굴이 벌게졌다.

이서윤(광남초 5학년)